언제나 네 편이야
MOMONG CREW

모몽

지구호 🚀

가끔
이 거대한 우주에 홀로 성간을 떠돌고 있다 생각하면
한없는 외로움과 막막함이 밀려올 때가 있지?

하지만 걱정하지마

누가 그러던데
지구는 우주선이래
끝을 알 수 없는 우주에서
우리는 지구호라는 우주선을 타고 여행 중인 승객인 거야

그리고 모든 우주선에는
승객의 안녕을 위해
반드시 승무원이 존재해야 해
물론 우리가 타고 있는 지구호에도 그들이 있지
승객이 결코 외롭거나 슬프지 않도록
행복한 여행이 될 수 있게 힘이 되어 줄
그런 존재들 말이야

눈치챘겠지만
모몽 크루가 바로 그들이야~

모몽 크루는
언제나 네 곁에 있을 거야
넌 그저 모몽 크루와 함께할
신나는 우주 여행만 생각해

자~ 그럼 출발!

꼭꼭 숨어라
머리카락 보일라

🌷 Contents

Preface

현재의 우리는 기술의 발달로 시공을 넘어
초월적 인간관계를 맺는 것이 가능해졌습니다.

그러나 그 관계의 민낯은
서로가 진정성 있는 모습으로 소통하기보다
잘 정제된 일상과 가공된 이미지만을
선택적으로 보여 주는 일방향적 형태를 띠고 있습니다.

모두가 자기 이야기를 하고 있지만
정작 진짜 자신의 생각과 감정은
제대로 드러내지 못한 채
공허함과 피로감만을 남기게 되었습니다.

본연의 나로서 존재하며
있는 그대로의 감정을 공감 받고 싶어 하는 욕구,
누군가 언제 어떤 상황에도 내 편이 되어 주기를 바라는 마음,
자신의 이야기를 진심으로 들어 주고
때로는 나를 아프게 한 이들을 향해
나보다 더 크게 화를 내며 기꺼이 나서 줄
그런 누군가가 내 옆에 있어 주었으면 하는 바람에서
모몽 크루는 시작되었습니다.

우리는 모두 약하고도 강한 존재입니다.
작은 일에 쉽게 상처받기도 하지만
또 엄청난 시련 앞에서 무너지지 않고 일어나기도 합니다.

일상에서 저지르게 되는 바보 같은 일,
그러지 말걸 싶은 되돌리고 싶은 실수들
또한 우리의 일부입니다.

연약함, 강인함,
바보스러움, 천진함,
슬픔, 웃음,
사랑과 같은
우리 모두가 지니고 있는 가장 인간다운 모습과 감정들이
모몽 크루에 녹아 있습니다.

세간의 평가가 어찌됐든
우리 모두는 자신만의 '생(生)'이라는
각자의 역사를 가지고 있습니다.

세상이 알지도
주목하지도 않는 역사라 해도
그 자체로 의미가 있는 자신만의 여정입니다.

어쩌면
그 여정이 내가 생각한
궤적과는 많이 어긋나거나
험난할 수도 있습니다.

그럼에도 불구하고
우리의 삶은 계속되어야 합니다.

여러분의 삶이 장막에 갇혀
어둠뿐이라 느껴지는 순간,
묵묵히 무조건 여러분의 편이 되어

다음날 언제 그랬냐는 듯
스스로 장막을 헤치고 씩씩하게 나아갈 용기를 주는
모몽 크루가 되겠습니다.

[언제나 네 편이야]는
모몽 크루가 여러분에게 드리고 싶은 응원 찬가입니다.

Character

모몽 크루를 소개합니다

MOMONG CREW

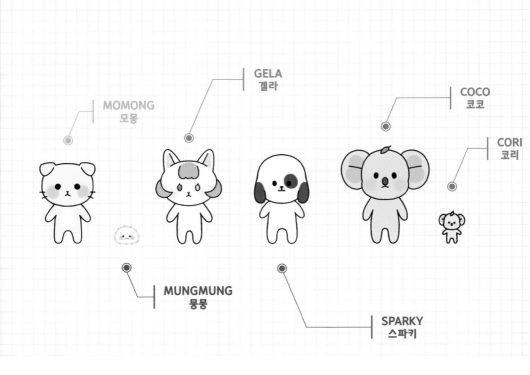

MOMONG
모몽

GELA
겔라

COCO
코코

CORI
코리

MUNGMUNG
뭉뭉

SPARKY
스파키

CLOUD ANY
클라우드 애니

HODU
호두

LUNE
룬

CRUSH
크러쉬

Crewstagram

MOMONG_CREW [Follow] ▼

107 posts   40m followers   11 following

MOMONG_CREW ✿ 골 때리는 녀석들이 왔다! 모몽 크루 그들의 위대한 여정이 시작된다.
https://momong.net/

👤 **모몽**   3h

♥ 7b Likes
MOMONG_CREW 귀여운 얼굴에 속지 마라!
잘 들어 주는 반전 매력의 고양이
#고양이 #모몽

😊 **뭉뭉**   3h

♥ 600m Likes
MOMONG_CREW 모몽이 곁에서 항상
함께하는 작지만 강한 뭉뭉
#털뭉치 #뭉뭉

🐸 **스파키**   2h

♥ 770m Likes
MOMONG_CREW 자신이 개인지 고양이인지
정체성의 혼란을 겪는 강아지
#강아지 #스파키

🐰 **겔라**   2h

♥ 920m Likes
MOMONG_CREW 뷰티 유튜버를 꿈꾸는
SNS 중독자
#고양이 #겔라

🕸 **알파조**   1h

♥ 450m Likes
MOMONG_CREW 겔라의 AI 조명기
#겔라소유 #알파조

momong　mungmung　sparky　gela　hodu　lune　coco&cori　crush　cloud any

---

🔘 호두　1h

♥

♥500m Likes
MOMONG_CREW 매사 느긋한 술쟁이 아재
#아재 #호두

🔘 코코　50m

♥

♥750m Likes
MOMONG_CREW 24시간 중 22시간 잠을
자는 귀차니즘의 끝판왕 코알라
#귀차니즘 #코코

🔘 &코리　45m

♥

♥700m Likes
MOMONG_CREW 코코의 등 위에서
내려올 생각을 않는 아기
#항상코코곁 #코리

🔘 크러쉬　30m

♥

♥490m Likes
MOMONG_CREW 유일한 빌런 캐릭터 사자
#엄지 #크러쉬

🔘 룬　15m

♥

♥800m Likes
MOMONG_CREW 미스테리투성이의
떡밥 캐릭터 살아 있는 조상님 할배
#고양이 #룬

🔘 클라우드 애니　7m

♥

♥650m Likes
MOMONG_CREW 뭐든 가능한
만능 백그라운드 친구
#구름 #애니

무슨 일 있어?
내가 다 들어 줄게

MOMONG 모몽

스코티쉬 폴드(Scottish Fold) 종의 쪼꼬미 고양이
누구보다 남의 얘기를 잘 들을 줄 아는 고양이
위로를 아는 고양이

굳이 많은 얘기를 해 주어서가 아니라
온 마음을 다해 진심으로 들어 주는 것만으로도
위로가 된다는 것을 아는 고양이

언제나 **무조건** **내 편**이 돼 주는 고양이
내가 속상한 일에 나보다 더 크게 화를 내 주는 고양이

모몽이의 귀를 보면
모몽이의 심리 상태를 알 수 있다

귀에 제2의 인격이 있는 것처럼
감정 상태에 따라 작게 접힌 자신의 귀를
오물거리거나 씰룩거리다가
진짜 머리끝까지 화가 나면
털과 함께 귀를 쫙 펼친다

인형 같은 외모와 개고양이스러운 모습에
순하고 약하다는 편견은 넣어 둬 넣어 둬~
반전 매력이 있는 고양이

화나면 욕도 잘하고
안 되겠다 싶으면 뭉뭉이를 보내고
그래도 안 되면 자신이 직접 나선다

모몽이의 어깨 위에서 함께하는
뭉뭉 MUNGMUNG

MUNGMUNG 뭉뭉

뭉뭉이는 언제 어떻게 생겨나게 됐는지
아무도 모른다
모몽이 아주 어렸을 때부터 쬐끄만한
콩알 크기에서 지금까지 성장해
현재는 모몽이 어깨 위에서 함께하고 있다

모몽이의 털이 뭉쳐져서 생겼다는 게 현재로서는 가장 유력한 설이다

"뭉뭉"이라는 말밖에는 못 하지만
그때그때 상황에 따라
그 의미가 다르게 해석된다

예를 들면 누군가가 제멋대로 행동할 때

"뭉뭉! 뭉뭉뭉뭉! 뭉!"

(해석: 이 자식아! 똑바로 안 하냐? 엉?)

잘못 들으면 멍멍으로 들리지만 절대 아니다

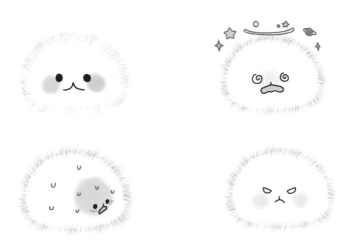

슬퍼지면 투명해지는 특징이 있다

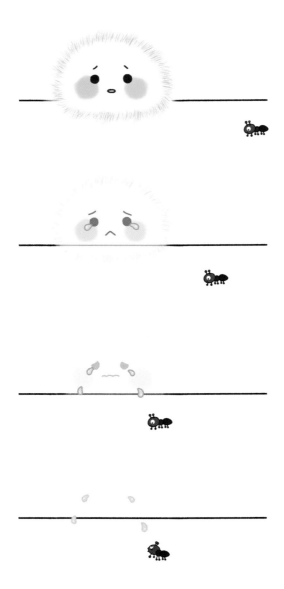

정체성의 혼란을 겪는 강아지
스파키 SPARKY

SPARKY 스파키

모몽이랑 너무 가깝게 지내다 보니
자신이 개인지 고양이인지 정체성의 혼란을 겪는
스파니엘(Spaniel) 종의 강아지 친구 스파키

자꾸 그루밍도 따라 하고 자기도 모르게 쥐를 잡으려고 난리 치고
끈 달린 막대 장난감에 미친 듯 신나서 쫓아 다니다
문득 자신을 이상하게 보는 다른 강아지들의 시선에 현타가 찾아오고는 한다

가끔 모몽이와 개 고양이 점프 수트를 나눠 입고
모몽이는 강아지인 척하고
자신은 고양이인 척 할 때가 있다

술래잡기를 무척이나 좋아한다
뛰어난 청각과 후각 능력으로
가히 술래잡기 장인 수준

빌런(villain) 역할의 사자
크러쉬 CRUSH

CRUSH 크러쉬

모몽 크루 세계관에서 유일한 악역인 사자로
이름은 '크러쉬'로 알려져 있으나
사실 본명은 '엄지(Um Ji)'다

동물의 왕인 사자로 태어나
그 존재감만으로 모든 동물들을 벌벌 떨게 만들어야 하지만
자신의 반도 못 되는 조막만 한 모몽이와 뭉뭉이한테도
두들겨 맞고 도망가는 신세의 사자답지 못한 사자다

어릴 때부터 순박한 외모 때문에 사자 망신 시키고 다닌다는
얘기를 들으며 자란 탓에 괜히 마음에도 없는 나쁜 짓과 센 척을 하고 다닌다

무섭게 보이기 위해 나름 카리스마 돋는 3종 세트를 늘 몸에 하고 다닌다

3종 세트 첫 번째는
얼굴 주위로 갈기가 너무 귀엽게 나는 바람에 카리스마 넘쳐 보이려
앞머리 헤어 피스 가발을 똑딱이 핀으로 매번 꼽고 다닌다

두 번째는 유성 매직으로 매번 자신의
순박한 눈을 가리기 위해 눈 주위로
스모키 메이크업을 해 주고 배에도
큰 상처 문신을 그려 준다

세 번째는 송곳니 마우스피스를
끼고 다닌다

세상 누구보다 마음 여린 사자
싸우는게 제일 싫은 평화주의자 사자

알고 보면 날것도 잘 못 먹는
비위 약한 식성으로
마카롱 같은 달콤한 디저트 성애자인
자신의 취향도 꼭꼭 숨긴 채 살아가고 있다

뷰티 유튜버를 꿈꾸는 SNS 중독자

겔라 GELA

GELA 겔라

신비로운 오드 아이를 가진 너무 예쁜
터키쉬 앙고라(Turkish Angora) 종 '겔라(gela)'

스마트폰을 손에서 놓치 않는
관종끼 다분한 SNS 중독자

셀카봉으로 혼자 사진을 찍고
남이 찍어 준 척, 우연히 찍힌 척할 때가 많다

겔라와 함께 다니는 인공지능 조명기 '알파조'

인공지능 조명기답게 '알파조'는 겔라가 취하는 포즈에 따라
알아서 조명 빛을 딱 맞는 각도로 비춰 준다 ✦

최근 신상 마이크인 '붐붐' 까지 세트로 구매해서

자신의 꿈인 구독자 100만 뷰티 유튜버가 되기 위해 매진하고 있다

하... 떨어져라
미친놈아..!

술쟁이 아재 고양이
호두 HODU

HODU 호두

술 좋아하는 개그 캐릭터
치즈 태비(Cheese Tabby) 종의
아재 고양이 '호두'

호두 아재의 목에는 항상 금메달이
걸려 있는데 그의 커다란 풍채를 보고
왕년에 잘나갔던 국가 대표 운동 선수
출신으로 생각하는 경우가 많다

그러나 사실 호두 아재 목에 걸려 있는 금메달은
동네 벼룩시장에서 2000원에 득템한 것이며,
만사 느긋한 성격 탓에 크루들 중
운동과 가장 거리가 먼 캐릭터이다

태어나 단 한 번도 뛰어 본 역사가 없다

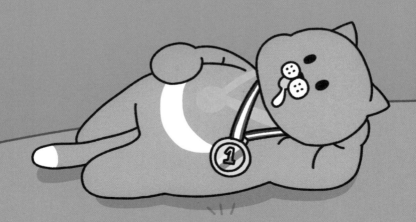

귀차니즘의 끝판왕 코알라

코코 COCO & 코리 CORI

세상만사 귀찮은 귀차니즘의 끝판왕
코알라(Koala) '코코와 코리'

하루 24시간 중 22시간을 자기 때문에
타이밍을 잘 맞춰야만 깨어 있는
코코와 코리를 만날 수 있다

하루의 대부분을 잠들어 있다 보니 주로 보이는 건
코코의 뒷모습과 매달려 있는 코리뿐이다

주변 친구들이 와서 코코에게 얘기를 할 때면
자고 있는 건지 일어나 있는 건지 알 수가 없다

세상만사 귀찮다면서 등에 매달고 있는 🍃
아기 코알라 코리는 언제 어떻게 만들었는지는 비밀~

친구 얘기 듣는 것도 너무 귀찮아서
얼른 가라고 한 마디 툭 내뱉는 말이
의외로 촌철살인인 경우가 많다

미스테리 무한 떡밥 캐릭터

룬 LUNE

LUNE 룬

정확한 나이를 알 수 없을 만큼
오래 산 고양이계 살아 있는 조상님

세상에 달관한 지혜의 고양이 '룬'
러시안 블루(Russian Blue) 종으로
미스테리투성이다

룬이 보여 주는 비범한 능력과 언변들로 인해
룬을 둘러싼 확인되지 않은 루머가 많다

가령 룬이 아주아주
오랜 옛날부터 살아 있어서

조선 시대부터 존재했다거나
한 발 더 나아가

백악기 시대에
공룡이랑 같이 살았다거나

고생대 중생대에도 있었다 카더라 등
터무니없을만큼 허황된 얘기들이
난무하지만

왠지 '룬'이라면 그럴지도 모른다는 묘한 믿음이
많은 이들 사이에 있는 것도 사실이다.

모든 것이 베일에 싸여 있기만 한
떡밥의 결정체 캐릭터 '룬'!

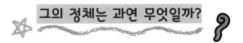

그의 정체는 과연 무엇일까?

다기능 백그라운드 친구

클라우드 애니 CLOUD ANY

CLOUD ANY 클라우드 애니

여러 가지 역할을 가진 크루들의 친구

무지개, 해, 달, 비, 번개와 같은
날씨를 표현해 주기도 하고

크루들이 하는 말의 말주머니 역할과

크루가 느끼는 감정이 그대로 전이되어 표현
(호두 아재가 클라우드를 바라볼 때는
클라우드가 술병처럼 보인다)
되기도 하는 만능 백그라운드 친구

그래서 이름도 '클라우드 애니(Cloud Any)'

모두 찾았다!

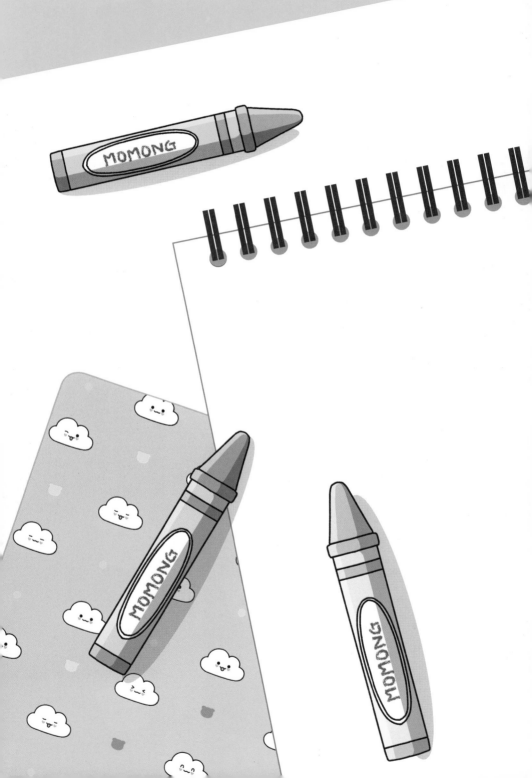

Episode

모두의 이야기

큐브 맞추기 🚗

난 큐브 가지고 노는 것을 좋아해

꼭 내 인생 같거든

단 한 번도 큐브 전체를 맞춰 본 적이 없어

기껏해야 한 면이나

정말 운이 좋으면 두 면 정도 맞추는 게 다거든

큐브 전체를 다 맞출 확률은 0.000000000000000023%에 불과해

거의 불가능에 가깝다는 얘기지

삶이 그런 것 아닐까

모든 것이 완벽히 들어맞는 때라는 것은 없다는 게

언제나 덜 맞춰진 큐브처럼 미완성이지만

언젠가는 큐브 전체를 다 맞출지도 모른다는

그 말도 안 되는 확률을 기대하면서

또또또 시도해 보는 거……

그게 인생이랑 참 많이 닮았어

Yahooo !!

더 많이 할걸

더 많이 할걸
사랑한다는 그 말
할 수 있을 때

아낌없이
더 많이 할 걸 그랬어

이렇게 혼자 남아
바보처럼 중얼거릴 바에야
사랑한다고
사랑한다고
사랑한다고......
말 할 걸 그랬어

코끼리를 보았니

삶에 있어 결정적 순간이 될 기회가

거대한 코끼리의 모습을 하고
지금 당신의 눈앞을
지나쳐 가고 있을 수 있습니다

인생에 다시 오지 않을 순간이기에
이 순간을 놓치지 말라고
기회를 잡으라고
온 몸으로 알려 주고 있음에도

그것이 얼마나 중요한 순간인지 모른 채
기회를 그냥 날려 버리고 있지는 않은지

똑바로 보세요

코끼리를 보았나요?

세상에 나랑 똑같은
사람이 또 있다면

세상에 나랑 똑같은 사람이 또 있다면
과연 난 걔를 얼마만큼 좋아할까?

나의 생각, 말투, 행동 등
모든 것이 똑같은 존재라 해도
걔가 하는 행동이나 말 중에
마음에 안 드는 게 참 많을 것 같다

그러니 내 옆에 있는 그 사람도 조금은 봐주세요
그 사람은 나랑 완전히 다른 사람이잖아요

ISLAND

우리는 지금 일어나는
일들이 나중에 어떠한 이야기로 귀결될지 모른다

현재의 이 일이 궁극에는
어떤 것과 다소간의 상관관계를 지니거나
또는 인과관계를 형성하게 될지 알지 못한다
그저 이미 지난 일들에 한해서 훗날의 일들과
어떻게 어떤 의미로 이어지게 된 것인지를 알게 될 뿐이다

독립적으로 일어나고 있는 매일의 일들이
하나의 점으로 찍히고 자신만의 좌표로써 존재한다

MONG ISLAND

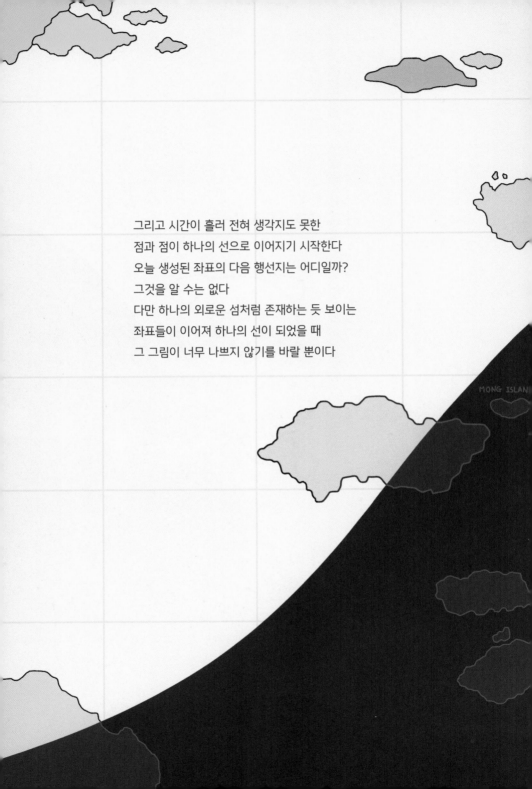

그리고 시간이 흘러 전혀 생각지도 못한
점과 점이 하나의 선으로 이어지기 시작한다
오늘 생성된 좌표의 다음 행선지는 어디일까?
그것을 알 수는 없다
다만 하나의 외로운 섬처럼 존재하는 듯 보이는
좌표들이 이어져 하나의 선이 되었을 때
그 그림이 너무 나쁘지 않기를 바랄 뿐이다

MONG ISLAND

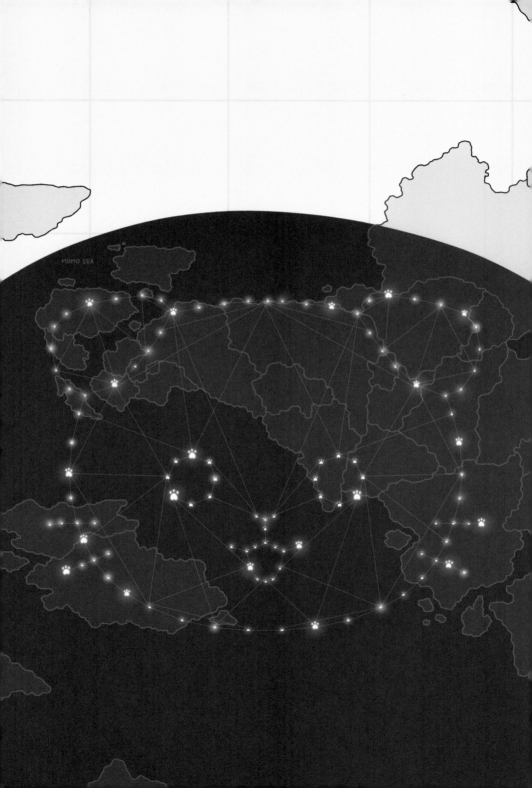

MOMO SEA

이불킥 하는 순간

모두가 이불킥 하는 순간들이 있다

그런 머저리 같은 말은 뭐 하러 했을까?
그 따위 쪽팔리는 행동은 왜 했지?
진짜 왜 그랬지......?

내가 한 말과 행동이
너무 부끄럽고
후회되는데
나만 맨날
바보짓 하는 것 같아서
잠들지 못하고
자책할 때가 있다

나만 그런 거 아니다
그런 사람들 천지다

걱정 마요
다들 그러고 살아요

물론 가끔 예외도 있습니다;;

사이좋게 🐾

어렸을 때 늘 듣던 말
사이좋게 지내렴
· · · ·
사이좋게

모든 관계에는 서로에게 필요한
그만큼의 '사이' '거리'가 있다

예쁘게 빚은 쿠키 반죽을
오븐에 구울 때
너무 가까이 두면
부풀어 오른 쿠키 반죽들이
서로 엉겨붙어 엉망이 되어 버린다

각자가 가진 본연의 모습을
망가뜨리지 않고
함께하기 위해서는
너무 가깝지도 멀지도 않은
적당한 거리가 유지되어야 한다

그리고 우리는 이러한 관계를
· · · ·
좋은 사이라고 부른다

집

집은 움직이지 않아

집이란 존재는
항상 같은 자리에서
변함없이
너를 기다려 주는 거야

네가 인생이라는 긴 여정에서
지치고 힘들 때
언제든 다시 돌아와
쉴 수 있는
그런 따뜻한 집이 돼 줄게

수많은 가시 덩굴을 헤치고
산을 오르고
바다를 건너느라
상처투성이가 되었을 때
생각만으로도 위안이 되는
너의 집이 돼 줄게

어서 와
고생 많았어

또 만나요!

언제나 네 편이야
모몽 크루 MOMONG CREW

전자책 발행 2020년 2월 12일
초판 1쇄 발행 2020년 2월 27일

저자 모몽콘텐츠그룹
발행인 박정원
개발 정해민 오현수
발행처 (주)모몽

출판등록 제 2019-000059호
ISBN 979-11-967778-1-4

주소 경기도 고양시 일산동구 무궁화로 34, 703호(장항동, 남정씨티프라자)
전화 031-8073-8900
팩스 070-4324-8900
홈페이지 https://momong.net/

모몽콘텐츠그룹은 '엄마의 꿈'이라는 뜻을 가진 이름으로 활동하는 콘텐츠 크리에이터 그룹입니다.
캐릭터 창작과 웹툰, 애니메이션, 음원 제작, 유아그림책 등을 꾸준히 선보이며
엄마의 마음으로 우리 삶을 격려하고 응원할 수 있는 다양한 방법을 연구합니다.